동이 틀 때까지

청춘문고

프롤로그

집까지 남아 있는 걸음 수나 계산하던 길에 쓰고 싶은 이야기가 떠올랐습니다. 그때부터 내리막을 걷듯 가파르게 걸음 수는 줄고 저는 떠올린 이야기 중에 무엇도 빠져나가지 않도록 날숨도 조심합니다. 빨리 책상에 앉고 싶습니다.

제가 정말로 쓰고 싶었던 이야기를 쓰고 있습니다. 그러나 이런 방식으로 표현하게 될 줄은 전혀 몰랐는데…, 하다가 덜컥 눈물이 납니다. 당연한 일입니다. 저는 글 한 편을 쓸 때 내용이 뭐가 됐든지 이렇게 눈물을 흘려야만 합니다.

눈물로도 모자랐던지 쓰면서 감사해하고 있습니다. 쓰고 싶은 이야기가 와준 것을요. 쓰고 싶은 이야기 없이 의무로 책상에 앉으면 수필가인데도 소설가가 된 마냥 제가 글을 만들어내고 있더군요.

걸어오면서 떠올린 이야기는 이제 제법 글이 되었습니다. 날숨이나 편안히 쉬어보자 하다가, 읽는 이한테는 어떤 글일까 궁금증이 생깁니다. 나는 정말로 쓰고 싶은 이야기였는데 과연 읽는 사람도 그만큼이나 읽고 싶은 글일까. 저는 아직 초보라는 걸 언제나 마지막에 깨닫습니다.

목차

*

홍대

새벽 6시, 깔린 도로는 매일이 마라톤 당일처럼 마음의 준비를 한다. 잠시 밟고 지나가겠다며 무단횡단을 하는 내 말까지 들어주기엔 오늘 소화해야 할 일정이 크시다. 나는 이쪽저쪽 도로에 즐비한 편의점들 중에 통신사 할인이 되는 편의점을 향해 간다. 뭐 하는가 했더니 저긴 아저씨 몇 분이 크레인으로 새 간판을 길어올리신다. 떨어진 원래 간판 조각들. 크레인의 긴 목을 찔러 죽이고 싶은데 현수막을 달듯 너무 아무렇지도 않은 분위기에 가로수 나뭇가지는 더 이상 핏대가 안 선다.

사서 나오니 유명한 간판이 돼 있다. 유명하지 않은 간판 조각들은 아저씨들이 포대자루에 싸서 묶었다. 누런색 포대자루에 간판 글씨의 한 획이 날카롭지도 않은 비명 소리를 낸다. 자기 좀 꺼내달라고. 많이 해봐서 손발이 잘 맞는 아저씨들은 깔끔하게 치우고

도로 위를 떠났다.

더 이상 못 골라선 안 되겠다 해놓고 이걸 골라버렸다. 포장이 화려한 민트초코우유. 도로를 밟으면서 궁금해하며 우유팩을 뜯었다. 걱정스러운 첫 모금. 쌉싸래함이 지나가겠지, 지나가겠지 하다가 끝까지 다 마셨다. 그리고 흐뭇하게 우유팩을 접는데, 접히는 쪽 면에 유명한 책 한 구절과 그 밑의 더 유명한 출판사 이름(내 첫 원고를 거절할 때 너무 안타까이 하기에, 또 보내고 또 보내어봤더니 토씨 하나 안 틀린 말로 안타까워해주던). 우유팩에서 그 이름을 읽자 흐뭇하던 입 안이 결국은 쌉싸래해졌다. 그리고 아까 자루에 묶여 간 간판 조각들이 생각났다. 지금 무단횡단을 한 뒤 도로 위를 떠나는 나와 그것들은 똑같았다.

스물, 스물아홉

계단만 있는 4층을 내려와서 내리막길, 횡단보도, 문 열린 스타벅스, 문 열린 빠리바게트…. 그래도 간은 달라 할까, 그냥 다 빼고 달라 할까…. 그리고 또 횡단보도를 통과하기까지 내가 어딜 통과하고 있는지도 몰랐다. 그저 머릿속엔 내장 생각뿐. 횡단보도를 건너고도 계속 고민 중인 걸 하다가, 순대처럼 꽉 들어찬 홍대놀이터 앞이 뜨겁게 나를 가로막았다. 맞다, 홍대놀이터…. 아닌데. 인기가 예전만 같지 않아서, 주말 이 시간도 이 앞을 쉽게 지나다니곤 했었다. 그나저나 내 고민이 이게 시작이라는 듯 눈살을 찌푸렸다.

틈새를 비집고 가면서 뭔가 공통점을 발견했다. 그야말로 막 삶긴, 찜통에 더 있다 나와도 팔릴 순대. 다들 너무나 어리다는 것이다. 지나치면서 남자애 몇 명이 나누는 대화가 그들 나이를 말해줬다. 무슨 술을 마셔야 될지, 그러기 위해선 어딜 들어갈지 의견이 분분한 스무 살. 지금은 1월 1일 새벽이었다.

그러니까 봐주자, 봐주자 하면서 결국 24시간 분식집에 도착했다. 나는 여기마저도 있는 줄을 보며 아까 그 클럽 앞의 긴 줄과 계속 서 있는 게 맞겠지 긴가민가해하는 표정들을 떠올렸다. 나도 그랬는데. 서울 살아보자 휴학계 내고 올라와 주말 밤마다, 놀 줄도 모르는 게.

“떡볶이랑 순대요. … 사장님! 내장도 다 섞어주세요.”

찜통에서 제법 머물렀던 내장이 막 삶긴 순대와 한데 섞여 포장됐다. 손에 들린 봉투 안에서 내장이 내심 순대 몰래 뿌듯해한다. 어쨌거나 식기 전에 집에 도착하려면 올 때와 마찬가지로 홍대놀이터 앞을 지나쳐야 한다. 잘 팔리는 순대로 꽉 들어찬 1월 1일의 홍대놀이터 앞. 분식집 비닐봉투를 든 내 모양은 내장 같지만 그렇다고 해서 순대가 마냥 부럽지만은 않다.

소고기

'윽.'

불을 탁 끄고 누웠는데 깜깜한 방 안, 안 보이는 고기 냄새들. 자고로 소고기라면 잘 안 빠져야 맞나. 누릿한 냄새가 보일러 훈기에 섞여서는 혹 자면서 이불을 걷어차면 덮어주겠다고 내 위로 두껍다. 값비싼 소고기. 그나저나 서울에서 마음껏 구워 먹어봤네.

내가 "보름 있으면 내려가잖아, 괜찮다" 하고 끊었던 걸로 기억하는데, 합의된 듯 오늘 "택배 보냈대이" 그러고 문 앞에 스티로폼 상자. 반갑지 않다고 밀어낼 수도 없다. 그나마 좋지도 싫지도 않게 전화를 끊었던 까닭은 "소고기 보냈으니까 그거부터 구워 먹어봐라."

나는 박스가 무거워서 화나는 양 부엌으로 옮겨 테이프 뜯는 걸 열받아하며 열어 서둘러 반찬들 사이를 뒤집었다. 소고기 어디. 나 붉은 자태로 여기 있으니 다른 반찬들 먼저 정리하시고…. 나는 순순히 한쪽 무릎을 꿇고 얼린 국과 딴 반찬통들을 냉장고에 넣었다.

엄마는 소금과 들기름까지 보내줬다. 프라이팬은 다행히 사놓은 프라이팬으로 달궜다. 잘 구워지라고 부탁이라도 하듯 젓가락으로 한 점 한 점 올려놨다. 집게가 없을 거라는 걸 엄마는 의심이나 했을까. 일일이 젓가락으로 뒤집는 순간 이번 판은 이미 망했다. 다음 판은 선방을, 세 번째 판부터는 사르르 녹았다.

누워서 싫은 티를 내는 나조차 안 보이는 깜깜한 가운데 작은 프라이팬 한 판이 그리도 중요했나 싶다. 굽기는 한 판 두 판 더 나아지고 좋았으면서 나는 어느 한 판에서도 고마워하지 않았다. 엄마도 내가 그렇게 맛있게 먹기만을 바랐을 것이다. 다만 값비싼 소고기 냄새. 마음껏 구워 먹고 남은 누릿함마저 싫어하진 못하겠다. 방 안에 누워서 보름 뒤인 설을 떠올려나 본다.

신광사진관

해도 되는 말인 줄 알고 했다. 실내에도 담뱃재 몇 조각씩은 떨어져 있고, 책상 봉지 안엔 편의점 도시락, 인스턴트커피 자국 종이컵. 잠시 그것들만 보여서

"형님, 가게 인테리어를 싸그리* 바꾸는 건 어때요?"

평소 내 빈말도 진실로 받아주시니까 이번에도

"싸그리?"

하고 그동안 본인은 몰랐던 마냥

"뭐 으예** 바꿨으면 좋겠노?"

* 싸그리: 싹
** 으예: 어떻게

그러거나 나는 하지 말았어야 했다. 손님보단 지인이 들러 마셨을 종이컵 옆에 내 걸 탁 내려놓고는

"저 가구나 저어 의자들 너무 멋진데 그런 게 눈에 잘 안 띄어요. 저번부터 말하고 싶었는데 저거는 진짜 별로에요. 날 잡고 버릴 건 버리고…."

나는 해답이라는 듯 해버렸다.

신광사진관. 설에 오랜만인 나를 반긴다고 한번 껴안아주었다. 안다. 반갑다 하는 것치고는 느린 동작. 그러나 이 실내에선 충분히 빨랐다. 오래된 가구 몇 점과, 늙은 장식용 사진기들. 책상과, 어지러운 의자. 실내는 사진 속처럼 정지돼 있다. 평소 사진 속에서 살아가는 형님한테 그 속도도 충분히 애쓰시는 거였다.

"날 잡고 버릴 건 버리고 하면 진짜 괜찮을 거 같아요."

사진 손님 없는 사진관은 진작 들었어야 한다며 해버렸다. 동작이 느린 형님은 들어주었다. 나는 인스턴트커피를 다 비우고 내 종이컵은 휴지통에 골인, 뿌듯한 인사까지 건네고 나왔다.

네거리 횡단보도를 건너다 모든 길이 줄어든 듯 걸음이 멈췄다. 내가 태어나기도 전에 신광사진관을 차린, 형님의 아버지께서 돌아가신 지 얼마나 되지도 않았다. 그분의 손때 묻은 사진기며 가구며 고민까지 실내에 찍혀 있을 텐데, 나는 그 사진을 버리자고 형님께 충고를 건넨 것이다. 길을 되돌아가지 않고 서울로 왔다. 형님 옷에 묻은 애석한 담뱃재까지 잘 발견하고서는 나는 왜 사진관을 치우자 그랬을까.

제발, 내 곁에서 떠나가지 말아요

이번에도 오직 피아노 반주, 실버들 목소리. 내 곁에서 떠나가지 말아요. 실버들 떨림엔 아무리 조심스러운 피아노라도 둔탁해지고 만다. 이만큼 들었으면 처음 듣는 경우도 대충 공식이 세워져야 하는데, 아직도 신곡은 겁이 난다. 어디로 어떻게 떨릴지, 혹여 떨리다가 툭 한 번 꺾여서 돌아올 수 없는 생채기가 생기면 어쩌나. 실제로 본 적도 있다. 어떤 〈이소라의 프로포즈〉 녹화에서 그녀는 〈제발〉을 처음 불렀다. 짧게 직접 가사를 쓰게 된 에피소드를 읊조리다가 스스로 "제발…" 하고는 노래를 시작하는데, 몇 마디 부르다가 눈물을 터뜨린다. 가슴이 철렁 내려앉았다. 도저히 못 하겠는지 무대를 내려간다. 다행히 실버들은 원래 자리로 돌아왔고, 다시 피아노 반주, 실버들 목소리. 그런데 잘 떨리다가 한 번 꺾인 그것과 같이 툭. 몇 차례 그랬는지는 알 수 없다. 방송에는 세 번 정도 만에 노래를 부르게 되는 그녀가 나온다.

〈내 곁에서 떠나가지 말아요〉. 오늘 처음 듣는 이 노래를 계속 반복해서 들으면서 그녀를 걱정한다. 내가 안심이 될 때까지 그래야 한다. 실버들한테 너 왜 떨리느냐 물어볼 수는 없다.

스물아홉 어린이

해가 떨어지면 잡은 뒤에라도 놔줘야 했던 어린 술래. 더는 해 떨어지는 게 안 무섭다길래 수가 생겼나 봤더니, 여긴 해 떨어지고부터 시작이다. 홍대. 말대로 홍익대는 아니고 그 주변까지 애매하게 일컫는다. 나는 그나마 조용한 곳에 원룸을 잡았지만, 밖을 조용하게 걷기란 쉽지 않았고, 걷다가 걷다가 보니 다름 아닌 홍익대학교 안.

들어 있던 학생들이 밤의 간판들 사이로 빠져나오면 나는 강의실 불들이 꺼진 홍대 안으로 들어간다. 개강한 지 얼마 안 된 때라고 학교는 텅 빈 밤도 신났다. 걷지만 홍익대학교는 별 볼일 없다. 산을 빌려 만든 학교라 좁고 건물들이 복잡하다. 산 때부터 서 있었나, 플라타너스들이 건물과 서먹한 자리 다툼을 벌인다.

굵기로 유명한 플라타너스 나무 대는 무얼 기다리든

문제없이 보인다. 하지만 내가 올려다본 가지들. 대에서 뻗어나온 가지들은 가지뿐인 제 몸을 흘릴 듯 가늘다. 아무런 연락도 오지 않는 내 핸드폰 꺼내 사진이라도 찍어줘야겠다. 우습게 깨진 핸드폰 액정에 나뭇가지들이 실핏줄이 나듯 겹쳐진다. 사진 셔터를 누르는 순간 나뭇가지 끝에 작은 열매 하나씩이 달려 있다. 나뭇가지는 잘 기다렸다.

다시 학교를 빠져나와 집으로 가기란 또 조용하지 않다. 열매 같은 불빛들. 그 나뭇가지 사이를 뛰노는 청춘들. 해 떨어지는 게 그렇게 아쉬웠으니 홍대가 얼마나 신나겠는지. 실핏줄 같은 나뭇가지에 열매 하나 터지고 나니 나도 잠깐 놀이터로 보였다. 그러나 불빛 사이로 뛰어들 마음이 하나도 없다. 나는 스물아홉이다. 어두운 쪽으로 걸으며 술래에게 저기 녀석이 숨었다고 속으로만 말한다.

봄

초저녁을 어떤 식으로 보내야 할지 가닥이 슬 안 잡히기 시작했으니, 봄이다. 봄은 낮에서 밤으로 넘어가겠단 광고를 수 편째 틀어놓는다. 해가 지려나 창문을 열어봤다가 해가 졌나 창문을 열어봤다가 또 열어본다. 나는 첫 데이트 상대와 앉은 마냥 빨리 광고가 끝나 암전되기만 바란다.

그런데 창문 바깥은 또 자지러진다. 4층까지 튀는 소리가 팝콘을 든 소년 소녀 커플. 서로 애교를 던지고 노는 거기에 눈총을 쏴볼까 싶었지만, 창문 바깥은 해가 남아 있는 대학가…. 저놈의 광고를 언제 끝낼지. 겨울은, 극장으로 들어서자마자 암전이어서 좋았다. 바로 바뀐 밤에 나는 나 말고도 혼자인 이가 많겠지 넘어갔다. 봄. 다름없이 들어섰는데 극장은 어색하게 불을 끄지 않고 광고가 한창이다. 나는 상

대가 없이 혼자 영화를 기다린다. 창문 밖이 드디어 밤으로 가닥이 잡혀가는데 사실 나는 영화가 아니라 누군가가 필요하다.

무제

목적지가 있어서 좋아서 버스에 올라탔다가

다시 돌아오는 버스 안. 집 앞에 잘 내리는 것도 목적인데 나는 이 버스를 목적도 없이 올라탄 사람 같다. 이어폰 속 슬픈 멜로디가 그다지 슬프지 않다. 바깥의 내가 충분히 슬프기 때문이다. 한 대학교 앞에서 학생들이 수업을 마치고 올라탄다. 저마다 내릴 곳들을 얘기하는 저들 곁에서, 내릴 곳이 있어도 나는 빈 강의실에 남겨진 혼자가 된다.

남아서 질문하고 앉아 있다. 교수님, 저도 집에 돌아가면 되는 것인데 왜 슬픈 걸까요. 얼마 전 출판사에서 드디어 첫 책이 나왔고, 친구, 선배의 칭찬, 남들이 해주는 '작가'라는 호칭. 이런 일도 있었어요. 카페에서 발견한 한 작곡가에게 제 책을 줬더니 나갈

때 그가 제게 번호를 알려달라 했어요. 예전만 해도 꿈꾸던 일들이에요. 그런데 혼자 있을 때 가장 즐거운 일인 TV 토크쇼가 어제따라 잘 들리지 않았고, 오늘 이소라의 노래는 슬프게 들리지가 않고, 집으로 돌아가기가 싫어요 교수님. 좀 있음 내려야 하는데, 제대로 내리나 집 앞을 지나치나 저는 비슷하게 슬플 거 같아요. 좀만 더 앉아 있어볼래요.

오르막길 입새

아직 백팩이 어울리는 한 남학생

"이번 달에 대출 받으려고."

오르막길 입새에 있는 가로등이었다. 후줄근하게 입고 산책을 나선 나는 가로등 밑이 남학생들이라 조금 안심했다. 내가 가까워오자 다른 남학생이 방금 뿜어낸 담배연기를 휘휘 없애면서

"나는 대출이라도 됐으면 좋겠다야."

그리고 그림자가 생길 정도로 한숨을 푹 내쉰다. 큰 돈 나갔을 땔 떠올려봐도 나는 없는 액수들을 말로 주고받는다. 겁이 나서 도망치듯 가로등 불빛의 오르막길을 오른다. 복잡한 대출 관련 용어가 계속 들려온다. 자기들 얘기에 비하면 내 오르막은 수월하다

며 내가 오르막길을 다 벗어날 때까지 대출 얘기는 계속 들렸다.

와우산 공원을 산책하고 오르막길을 다시 내려온다. 학생들이 있던 입새의 가로등엔 불빛들만 남아 허전해 보였다. 가까이 쓰레기 수거차다. 나와 마주치자 자기가 먼저 피해갈 것처럼 하더니 한 곳에서 서는데, 사오 층 원룸에서 많이도 나왔다. 매달렸던 두 명이 내려 살찐 종량제 봉투들을 싣는다. 아까 남학생들이 내놓았는지도 모른다. 무서운 액수로 대출을 받아 편의점 낼 땐 푼돈. 뭘 먹은 것 같았으나, 오르막길 입새에선 대출 걱정만 했으니, 정작 살이 찐 건 저기 실린 종량제 봉투들이다.

우리 누나

새벽에 진작 나선다고 칭찬해줄 필요 없다. 일찍부터 서울역인 건 마음이 급해서가 아니라 KTX 할인을 더 해주었기 때문이다. 예정일대로라면 오늘 낳는다네. 그러나 자세한 걱정도 없는 건, 나는 누나의 배가 얼마나 불렀는지도 모르고 일단 가는 거다.

누나가 소파에 앉아 있다. 소파가 아래로 푹 꺼졌고 누나의 배는, 오면서 본 경주의 봉분 같다. 원래 사내처럼 무뚝뚝한 누나는 "왔나?" 하는 말만으로 나를 반긴다. 그러나 스스로 허리를 받친 한쪽 손에서 원래처럼 널널한 기분이 아님을 느낀다.

"우와, 배 나온 거 봐라."

나는 중간에 친척 결혼식 때 한 번 보고 지금 처음

보는 거라 웃음기 섞어 놀라도 괜찮다. 누나도 그런 웃음으로 받아준다. 그러곤 스스로 유머처럼 "나올 생각을 안 한다" 하는데, 이 동생이 와 있는 동안 반드시 낳아달라 말해도 될는지, 나는 드디어 복잡해졌다.

병원에서도 오늘을 넘길 거라 했단다. 매형은 출근하셨고, 누나는 자기 맘대로 나하고 커피숍에 갈 거란다. 나는 피곤했지만 누나가 혼자 봉분 꼭대기에 올라선 듯 기분일까 봐, 날씨 좋다는 핑계로 그래 가자고 한다. 그런데 해도 되는지 운전을 막 하고, 커피숍에선 자기 배부른 건 모르고 자리가 좁다고 억수로 탓하는…. 우리 누나 맞네! 그래도 오늘이 예정일인데, 나라도 달리 조심해야지.

내가 도착한 토요일도, 일요일도 누나는 코앞인 친

정집을 제집처럼 드나들었다. 그 모습이나 실컷 본 나는 아르바이트를 해야 하므로 월요일엔 떠나려 한다. 예정일대로 안 낳는다고 누나를 구박할 순 없다. 그리고 오전 일찍 매형이 전화를 걸어왔다. 지금 누나랑 같이 병원인데, 낳아보자 했다는 것이다. 빨리 다른 친구한테 연락해서 아르바이트 날짜를 바꾸고, 부모님과 병원으로 달려갔다. 병실에서 만난 누나는 초록색 천으로 얼굴 아래쪽이 덮인 채 누워 있었다. 나와도 눈을 맞췄다. 불안해하는 누나를 이번에도 우리 누나 맞다면서 믿어줄 순 없었다.

다음 날 새벽까지 진통이 계속되다, 웃으면서 들어가도 된다고 하는 간호사의 말에

"역시 우리 딸이다!"

아들이 못 갖춘 단단함이 있어 항상 누나이고 보는 아빠가 튀어나간다. 그래서 누나를 잠시라도 부러워하는 게 아니라, 지금은 누나가 걱정스럽다. 아기 울음소리. 침대에 누운 누나 손을 매형이 잡아주었고, 나는 침대 멀찌감치에서 우리 누나, 우리 누나, 했다.

나는 화요일 아침 신경주역에 서서 KTX를 기다린다. 급하게 시간을 변경한 거라 할인도 못 받았다. 열차 기다리는 플랫폼이 뻥 뚫린 이곳은 산으로 둘러싸여 있다. 가까이에선 제법 곡선을 그리다가, 열차에 올라타서는 멀리의 산 곡선이 점점 낮아졌다. 이제 배가 낮아진 누나야말로 조카와 함께겠다.

동훈이

스스로 장맛비라고 외치는 빗소리를 가만히 듣고 누웠는데, 옆에서 벌떡 일어난다. 곧바로 욕실 문을 열어젖혀 문밖으로 팬티를 툭 던지고는 닫힌다. 안에서 핸드폰 음악을 크게 튼다. 같이 시작된 샤워기 소리는 장맛비라도 달아나게 만들어서, 좀 들어볼라 했더니 저게 망친다고 나는 추적추적 이불이나 뒤집어쓴다. 같이 살자고 내가 그랬으니….

꼭 서울에 다시 올라가야겠는데 알아본 원룸들은 보증금이 일단 천만 원. 그거의 절반 정도도 겨우 들어줄 집 분위기니까 천만 원은 말하면 안 됐다. 반반씩 내면서 같이 살자고 친구들을 쭉 찌르고 다녔다. 맞아. 두 번째인 나도 그런데 친구들한테는 서울이 오죽이나 멀까. 그러다가 초등학교 이후 소식도 몰랐던 동훈이를.

"야, 몇 년 만이고? 경주에 계속 있었나?"

쪼맨했던* 것들이 인사로는 악수를 하고, 커피 값을 서로가 내겠다고 실랑이를 벌인다. 앉고 나서도 누가 쪼맨했냐는 듯 최근에 어디 있었고 뭘 했었고 같이 있어 보이는 얘기나 지껄였다. 동훈이는 이번 달로 회사를 그만둘 거라 했다. 나는 왜는 안 묻고 그럼 나처럼 서울 갈 생각이 없냐고 바로 물었다. 바로 대답이 안 나오는 게 나 위해서는 아닌 것 같아, 나는 그때부터 동훈이한테 자꾸 연락했다.

둘 다 집이 멀어서 버스를 타고 돌아와야 했는데, 학교 앞 문방구에서 버스비 홀라당 까먹고 걸어올 때가 많았다. 무지개 모양의 구름다리는 걸으면은 오래 걸렸다. 하여 오르막길부터 시작하면 내가 탔

* 쪼맨하다: 조그마하다

을 70번 버스들이 몇 대씩 혼자 내리막으로 미끄러져 내려갔다. 몇 대가 더 넘어가나 숫자라도 안 샜던 건, 옆에 동훈이랑 걷기 때문이었다.

구름다리 내려서는 둘 다가 바로 집인데, 안 가고 걸음들이 멈췄다. 주차시킨 검정색 차 바로 옆. 왜 안 가고 있나 보니까, 검정색에 비쳐 뚱뚱해진 서로가 웃겨 죽겠다는 거였다. 다리를 오므렸다가 벌렸다가 하는 키들은 그 차보다도 낮았다. 햇빛이 반사시켜서 뚱뚱하게 보이는 줄도 모르고 실컷 한 다음에야 다시 출발했다.

그런데 동훈이는 나와 달라 컴퓨터 같은 거에 천재였다. 나는 동훈이가 게임하는 걸 옆에서 구경이나 할 줄 알고 시켜주면 무척 못했다. 동훈이는 우리 집에 컴퓨터가 없다는 것도 알고 있었는데 딴 친구들

앞에서는 안 말하는지 아무도 그 사실을 몰랐다. 동훈이한테는 부끄러운 게 참 없었다. 초등학교 4학년 때였나, 살짝 들어오라 해서 니가 '야동'이란 걸 처음 보여줬잖아. 그때 고마웠다.

회사 관두고 오백만 원이 있는 너는 자꾸 오는 내 연락에 꾀여 그래, 한번 가보자고 했다. 살아본 티를 내며 내가 홍대에서 살자 하니까 따라주었다. 하지만 나와 너무 다르게 살더라. 집에서 보내준 반찬과 밥을 먹는 난데 너는 그런 반찬들 대부분 가렸고, 내가 글 쓰는 밤에 너는 만날 술 먹고 들어와서 걱정을 끼쳤다. 어제도 그러더니만 다음 날 낮인 지금에야 씻겠다고 들어가 있다. 작년 구월에 와서 이번 장마철이 됐다. 많은 것들이 씻겨져 내려가고 있다. 와서도 어릴 적 얘기를 나눠본 적이 없어, 너도 나만큼

이나 남아 있을지 궁금한데, 씻고 나와도 무슨 말을 안 걸 게 나는 분명하다.

정류장

기역 자(ㄱ) 한 칸 안의 비좁음을 외면하고 각자 자기 버스를 기다리는 사람들. 나는 도착해서 바로 가장 선봉 위치에 가서 섰다. 혹시 하고 뒤를 봤지만, 또 늦게 왔다고 줄을 서야 하는 건 아니지만, 아무런 관심도 없다. 나와 다른 번호를 외길 바라는 그런 것도 없다. 바라다 같은 번호면 실망만 커지니.

오는 차들을 보다가 서울에 살기 시작한 후배한테 갑자기 문자를 보냈다. 답장이 없어도 그러려니 해야겠다 하는 순간 전화가 걸려왔다. 시작부터 녀석은 활기찼고, 들을수록 나보다 잘 살고 있는 녀석한테 선배로서의 응원은, 문자라도 못 했을 것이다. 물어오기 전에 빨리 내 식대로 내 안부를 전했다. 한쪽이 아무리 활기차도 끊을 때쯤 멋이 없어지는 남자들끼리의 통화. 억지로 끊고 나니 서울 종로에 몇 정거장 전이다 하는 버스 전광판도 안 달렸네….

한 대가 또 온다. 선봉에 섰으니 위한다는 듯 나를 살짝만 지나 멈추는 버스. 누가 안 올라타나 돌아봤다. 기역 자(ㄱ) 칸 안은 낮의 햇볕들만 들어 있고, 버스는 나한테 빨리 안 탈 거냐는 듯 문을 열었다 닫고 출발했다.

'……'

동이 튼 걸 안심 못 한 가로등이 켜져 있고, 아니면 가로등 끄는 걸 깜빡한 동이 튼 새벽. 집 밖으로 나와 미친놈처럼 뒷산 공원을 오른다. 벤치에 도착해 앉아 어쩜 누구 있을지도 모르니 회색 팝송을 골라 틀어놓는다. 공원의 초록색을 내려다본다. 이 시간까지 포기 못 한 내 문장을 초록색에 대고 읊어본다.

'……'

그리 호락하게 내어줄 수는 없다고 앞산 치맛자락을 붙든 도시의 빌딩들이 초록색 사이사이로 방해한다. 나는 계속 읊어대지만 그럴수록 여기 앉아 있을 이유만 줄어든다. 다시 책상 의자에 돌아가면 뭔가 떠오를지도 모른다. 벤치를 박차고 일어나 올라올 때처럼 미친놈같이 공원을 걸어 내려간다. 씩씩함이 풀릴 때쯤 되면 집 앞에 와 있는데, 가로등과 새벽의

할 일은 이미 다 끝나버렸다.

가난

“형, 이번 주말에 뭐 해요?”

읽고 바로 알았지만

“알아서 뭐 하게?”

내가 말장난도 좀 하는 형이라 다행이었다. 대답을 피하기 위해 그런 나를 써먹자 순한 동생은 당장 털어놓는다. 치과 정기 진료를 받기 위해 서울 올라간다고. 이번에도 KTX 사십 프로 할인되는 걸 골라 탄다는데, 만나서 밥도 안 사주면 그게 서울 산다는 형인가. 하지만 주말에 알바를 가야 한다고 보냈다. 친해서 내가 평일에만 간다는 걸 아는 동생한테, 이번 주말은 주말 알바에게 부탁을 받았다고 속였다.

와이파이가 되므로 카톡은 읽지만 집에서 난 핸드폰

이 끊긴 상태다. 경고 문자를 내리 받고도 안 냈다가 오늘 아침에 끊겼다. 겁내지 않는 건 처음이 아니라서다. 아는데 당장 두 달치 다는 못 내더라도 한 달치를 내면 풀어주긴 풀어줄 거다. 돈이 있어 내가 사 먹는 줄 아는 엄마는 사 먹지 말라고 반찬들을 보냈단다. 열두 시에서 두 시 사이에 보통 택배가 도착하는데, 아침과 점심을 굶고 현관문에 택배 스티로폼 긁히는 소리만을 기다리고 있었다.

"형 보고 내려가면 좋은데…."

이번에도 엄마 반찬이 많이 올 것이다. 대구에서 서울 오는 동생에게 불러서 그런 반찬을 먹이는 건 좀 아니겠지.

택시

해결한 끼니 숫자가 1을 잘 넘지 않는, 아니면 해놓고도 기억을 못 하는 무더위의 나날. 미용실에서 머리를 자르고 나오는데 빈속이 0을 외친다. 주변 음식점 간판들이 눈으로 긁힌다. 그렇지만 이따가 저녁 끼니를 겸하는 회식이 있다. 참고 회식에서 많이 먹자. 눈은 간판에 그대로 내주면서 빈속을 택시에 태운다.

"어서 오세요."

"거기… 연트럴파크로 가주세요."

눈 떼자마자 타는 바람에 날라리로 설명해버렸다.

"어디요?"

"거기… 홍대 3번 출구 앞에 젊은 사람들 노는 잔디밭 있죠?"

"아~ 경의선 철길!"

홍대 중심부로 들어가자 차도 사람도 막혔다.

"형, 어디여?"

스피커폰으로 전화를 거신 기사님.

"저녁 안 먹었으면 여기 저번에 국숫집 근처인디 와서 같이 먹자고."

기사님들끼리의 국숫집이라면… 나는 통화가 끝난

뒤 물어볼 심사까지 품었다.

"효창공원? 그럼 내가 그리로 갈게. 형이 살 거지?"

다행히 "응"이 돌아오고 끝났다. 나는 국숫집 물어볼 건 까먹고

"식사하러 가시나 봐요?"

"아, 같이 택시 하는 형이랑 저어 효창공원 쪽에. 근데 이게 첫 끼여요."

일곱 시 반이니까 신기할 일인데 나도 그와 똑같은 바람에 이유를 안 묻고 있었다.

"일 마치고 새벽 네 시 이럴 때 들어가잖아유. 뭐 먹

기 늦었고, 자고 일어나면 먹어야지 해도 그때는 또 밥이 들어가나? 그러고 일하다 보면 해 떨어지고 이때쯤 되는 거지유."

본인 스스로의 까닭을 막히는 차 안에서 풀어놓으셨다. 들으니 혼자 사시는 듯했다. 벗겨진 뒤통수 너머로 새벽 네 시에 들어가서 그래도 한번 열어보셨을 냉장고 안이 보였다. 나는 목적지가 다 와간다는 걸 숨겨놓고 긴 대화할 것처럼 말을 했다.

"사실은 저도 한 끼도 못 먹었거든요."

"아, 식사하시러 가는구나."

"아저씨! 저기 흰색 간판 앞에 세워주세요!"

아저씨는 그대로 실실 웃으며 차를 세우셨다. 서로가 빈속을 달랜 것 같아서 내가 먼저 "식사 맛있게 하세요!" 아저씨께서도 똑같이 "많이 잡숴요!" 회식이 있거나 1로 축내고 말 하루였는데, 나는 빈속한테도 덜 미안하게 됐다며 내리고 나서 택시 문까지 곱게 닫았다.

백일잔치

그런데 바깥이 다시 한상 차리는 듯 시끄럽다. 귀여운 조카의 잔치라더니 상 물리자마자 방 안 침대로 도망 온 나를 나무라나.

"바퀴벌레!"

누난데, 누나는 워낙 싫어하니까 한 마리 들어온 걸로 호들갑을 칠 만도.

"저기 또 있다."

이번엔 어른들의 목소리다.

"관리자한테 전화 걸어라! 어서!"

결국 나도 거실로 나와봤더니, 바퀴벌레 몇 마리 자

기들 잔치처럼 날고 있고, 열이 나서 관리인이 도착하기를 벼르고 선 아빠, 거실 전체의 성화에 한 수씩 보태지만 술잔을 덜 내려놓은 사돈어른. 잔치의 주인공만이 저기 방 안에서 잘 자고 있었다. 조카 덕 본다며 고급 리조트로 들어섰건만, 이게 뭔 일이람. 나는 식탁 위 이미 잡힌 벌레들을 가만히 내려다봤다. 빈 소주병 개수와 비슷했다.

“죄송합니다. 이런 일이 저희 쪽에서도 처음 있는 일이라….”

“처음이고 나발이고, 여기선 갓난애 못 재웁니다. 짐 싸라. 차라리 우리 집으로 가자.”

리조트에서 가장 가까운 우리 집에 조카를 포함한 누나네 식구와 사돈어른 두 분까지 다 들어왔다. 잔

칫상 앞에서 사진 찍히느라 피곤했는지 조카는 오는 동안도 깨지 않았다. 잔칫집의 식구 수는 그대로였지만 눈꺼풀들이 피난 온 듯 살짝씩 흐릿해졌다. 결국 잘 사람은 자고 놀 사람만 더 놀기로 합의를 하자, 거실엔 조카의 외할아버지와 할아버지만 남아서 소주상을 폈다.

내 방은 내어주고 나는 엄마와 안방에 들어가 누웠는데, 거실이 시끄럽긴 리조트 때와 매한가지였다. 자식 키우는 일에 대한 두 할아버지 간의 승강이가 넘치려다가, 넘치려다가, 다행히 술이 모자라서 안 넘쳤다. 사돈어른은 내 방으로, 아빠는 내가 누운 방 안으로 들어왔다. 왜 엄마 옆에 눕지 않고 내 바로 옆에 눕는다. 지닌 잠버릇대로 눕자마자 옆 사람한테 다리를 얹는데, 하소연할 곳인 엄마는 내 다른 옆에서 잠들어버렸다. 나는 둘 사이에 이렇게 누워 있는 내가 참 오랜만이었다.

거실의 에어컨을 틀어놓아서 누나네 식구는 방문을 저렇게 열고 잔다. 누나, 매형 그리고 자는 폼마저 양옆을 닮은 조카. 너무 작아서 신기하다. 계속 보다가 거실의 화장실을 쓰고 난 뒤 또 보다가 돌아와 눕는다. 이렇게 엄마 아빠 사이에 누워 있기는 조카나 나나 매한가지라는 생각이 들자, 이불 밑으로 길게 삐죽 튀어나온 내 다리가 징그럽게 느껴졌다.

비둘기

회색에 연보라가 뒤섞인 신문지 한 장이 자기도 올라타려는 듯 뒹군다. 단지 신호등 때메 멈춘 버스 앞유리에 심지어는 구걸하기 시작한다. 나는 여기 맨 앞자리, 버스 기사님의 오른쪽 뺨이 보이는 자리에 앉아서 저기 신문지가 참 안됐다. 버스 기사님이 슬쩍 핸들을 잡았다. 따라서 신호가 곧 바뀔 텐데, 아니 도로 위 신문지는 타겠다는 마음을 아직도 안 버렸다.

"……고치라는 건 유감입니다. 그래서 부탁드리는 건데 계약을 파기하면 안 될까요?"

'보내기' 버튼이 눌렸고, 나는 핸드폰 자락에 꺾인 손목을 허리춤으로 떨어뜨려 걸음과 박자를 태웠다. 아니거든. 절대 괜한 심술 아니거든. 하지만 센 걸음걸이는 꾹꾹 눌러쓴 글씨들을 한 글자 한 글자 다시 튕겨내려는 동작 같았다.

계약서에 도장을 찍으면서 편집장님과 나는 기분이 좋았다. 학준 씨 이번 책은 제대로 밀어보려고 해. 어쩌다가 편집장님께 살가운 작가가 아니므로 내 표정은 미지근했지만 기분이 더 좋아지려 했다. 글은 평상시대로 쓰면 된다고 하니 잘할 자신이 있었다. 편집장님이 좋은 분이란 생각이 들었다.

지금은 문자를 읽으셨겠지. 바로 답장이 안 오리라도 답장이 오긴 와야 하는데. 핸드폰을 떨어뜨린 손목에선 겁도 났다. 겁내선 안 되지. 몇 날 며칠 밤을 새워가면서 내가 썼는데. 어떻게 그렇게 고치란 말인가. 고치라고 할 때의 편집장님은 내 글이 좋다고 하던 그분이 아니었다. 센 걸음으로 집에 들어와 컴퓨터를 켰는데, 편집장님께 보내드렸던 원고가 화면 속

참 작은 아이콘 하나다. 핸드폰에 답장이 없다. 나는 내가 쓴 문자 밑에다 지금 편집장님 계신 곳으로 찾아가야겠다고 또 보냈고, 계약금을 돌려드릴 계좌번호가 쓰인 답장을 받아냈다.

눈을 질끈 감았는데, 회색에 연보라가 섞인 비둘기였다. 출발하자 버스 앞유리로부터 사뿐하게 날아 다시 내려앉는다. 오른쪽 창문으로까지 확인한 다음, 그런데 그게 안심이 되는 게 아니라 나는 더 걱정스럽다. 거기 도로변에 남아서 또 버스에 올라타고자 할 텐데, 어느 기사님의 빰이 비둘기를 향해 움찔해 줄까. 고치지 않겠다 하고 스스로 올라타기를 포기해버린 내 글이 신문지만 안 되기를 바랐다. 그러나 이제 비둘기라 해도 그 날갯짓은 소용없다.

장마

그 정도로나 재밌는지 구부정한 자세도 안 바꾸고 한 시간쯤 한 가지 예능 프로를 보는데, 웃는 소리를 뱉는 것은 노트북 화면 속에서나 벌어지고, 보는 나는 빤하게 응시할 뿐이다. 본능으로 프로그램이 거의 끝나가는 걸 알자 걱정마저 든다. 끝나고 나면 저만큼 시끌시끌해줄 프로그램을 또 찾아내야 하는데 최근 것 중에 남아 있을지 몰라.

이후론 빤히 쳐다보는 것도 아예 못 하고, 보는 것 같지만 멀지 않은 두 눈동자 가까이의 안경알 먼지만 보다가, 예능 프로가 끝이 났다. 다음 주도 기대하라고 끝까지 웃음소리를 들려준 건 고마웠다. 그러고 나서……. (정적) 소리를 못 내는 노트북과 일대일로 마주 앉은 나는 한참을 아직도 허리가 구부정이다.

장마 2

만지면 폭신하지 않을 옆 건물 외벽을 향해 창문 열고 손을 내민다. 낌새는 차렸지만 거리상 두 건물 사이로 들어오는 빗물의 양이 적어 이토록 확인하는 셈이다. 비 오네…. 나는 어젯밤 자발적으로 세워둔 계획들을 한순간 머릿속에서 지우고 누울 듯 다시 침대에 주저앉는다. 이 방 안 가득, 그래봤자 예닐곱 평 가득 드러난 오늘은 이제부터 옆으로 흘러갈 것이다. 옆으로. 옆으로. 새까만 지하철 유리창 밖, 다름 아닌 옆으로 흘러가는 내 얼굴을 내가 지켜본다. 꽤 멀리 가는 듯 흐린 기색이지만 바로 오늘 내가 방 안에서 보내게 될 얼굴이다. 옆으로. 옆으로. 그러다가 내일이 지척의 정류장처럼 억지 아닌 밝은 기색으로 나타나면 나는 오늘이 까맣게 짧았다면서 그곳에 내릴 것이다.

빨래

베란다가 없는 방구석 빨래건조대의 팔을 벌려놓다가 며칠째 기지개를 켜지 않은 내 몸이 떠올랐다. 이번에도 며칠을 모았다가 돌렸다. 꺼내려는데 드럼세탁기 안에 똬리를 튼 빨래들이 마치 입고 살았던 며칠과 닮아 보였다. 서로 물고 늘어지려는 힘만 세 자고 깨기만 반복해야 했던 생활 말이다.

세탁기에서 내가 손댄 만큼씩 꺼내긴 불가능했다. 똬리를 틀면서 계속 딸려나오는 빨래들을 바닥에 자빠뜨리고 힘을 축 뺐다. 결국 똬리의 한 곳을 찢었다. 툭 털면 나타나는 빨래 낱장, 낱장을 건조대에 널었다. 건조대에 널린 빨래의 모습들이 그러나 매일매일 색다른 삶을 산 사람 같았다. 마지막으로 널었을 땐 며칠을 산 것과 상관없이 오늘을 잘 살면 되고, 잘 살 수 있을 것 같았다. 나는 우선 기지개부터 켰다.

*

이학준

「괜찮타, 그쟈」「그 시절 나는 강물이었다」

「동이 틀 때까지」 세 권의 수필집.

나를 위한 글쓰기와 당신을 위한 글쓰기,

그 경계선을 넘나들고 싶습니다.

june9642@naver.com

@hakduri

청춘문고 027
동이 틀 때까지

2020년 6월 5일 1판 1쇄 발행

지 은 이 이학준
공동기획 스토리지북앤필름 강영규
발 행 인 이상영
편 집 장 서상민
책임 편집 이상영
교정, 교열 노경수
디 자 인 서상민, 이미원
마 케 팅 손주우
펴 낸 곳 디자인이음
등 록 일 2009년 2월 4일:제300-2009-10호
주 소 서울시 종로구 자하문로 24길 24
전 화 02-723-2556
메 일 designeum11@gmail.com
blog.naver.com/designeum
instagram.com/design_eum